川柳集

石ころ

池谷多

Masaru Ikeya

中央公論事業出版

小文　柳画

新宿の飲み屋街　思い出横丁で　時々飲んだことがある　家内の兄さんとも行った　どじょう鍋を食べた　どじょうが苦しんで穴から顔をだし余り好い気持ではなかった

ある日　横町を通ったら　知人のHさんが飲んでいるのを偶然見つけた　Hさんは私に気づかずにマスターと愉快そうに話をしていた　電球に照らされて　色白の顔が輝いていた

終戦後に出来たこの飲み屋街　ここで安田組主催の催しがあった　歌手の奈良光枝さんが歌ったのを覚えている

怪しげな路地猥雑も町の顔　多

酒臭い路地で
呼吸が
楽になり

新宿思い出横丁

俳人の鈴木真砂女さん　銀座で小料理店を営む　お客は詩人文士　この度句集を出す（都鳥）
私も一冊買う

星流れ銀座に古き金春湯　　真砂女

森繁さんの歌が好きで　レコードなど買った　その中に「銀座の雀」という歌がある　すこし
難しいがどうやら歌えるようになった

たとえどんな人間だって　心の故郷があるのさ　俺にはそれがこの街なのさ
春になったら細い柳の葉が出る　夏には雀がその枝で啼く　雀だって唄うのさ
悲しい都会のチリの中で　調子っぱずれの唄だけど　雀の唄はおいらの唄さ

ある日高田馬場の碁会所でなじみになったＩさんに誘われて　碁が終った後　銀座に行った
そこで初めて　銀座で「銀座の雀」を歌った

東京に五年銀座を知らずおり

旧服部時計店

銀座の雀

前世は売れぬ落語家笑い茸　　多

志ん生の落語「火焔太鼓」を若い頃ラジオで聞いた　道具屋甚兵衛が殿様に太鼓を納めに行き
用人との値段のやり取り　大金を貰って帰るときの独り言　畳の上で転げまわるほど笑った
円生のしっとりした話し方　小さんの独特な語り　昔の噺家は皆素晴らしい個性を持っていた
戦前の暗い社会でも　落語　漫才　講談　浪花節　日々の中に笑いがあった　漫才師　エンタツ
アチャコを見たのは若い頃　多くの漫才師が居たが　どうも上方のほうが面白かったようだ
笑点が５０年を迎える　人間を見つめていろんな笑いがあり　蘊蓄もあり　日曜の短い時間だ
がいつも見ている　この司会者だった人が　大久保の町を歩いていた　知り合いの奥さんが偶然
見かける　別人のように恐い顔をしていたそうだ　笑いを生み出す人は大変苦労しているのだと
思ったそうだ

一日に三度笑えと処方箋

志ん生　火焔太鼓

円生　お化け長屋

小さん　親子酒

ずいぶん前から　日本橋から高速道を消してもらいたいと思っていた　最近そのような話が出てきたが　経費がかかるので手をつけられないらしい　経済優先　昔の景色をどんどん消していく

ヨーロッパに二度ほど旅をした　どの国も古い街並み　建物を大事に保存している　うらやましいほど

東京駅見学の一日ツアーに参加　皆で内部を見せてもらった　日本の表玄関　外国に誇れる立派なもの　あのレンガは一つずつ積み重ねたもの　同じようにレンガを積み重ねた駅に　万世橋という駅があった　そのそばに　軍神広瀬中佐像があった　進駐軍の命令で取り壊されてしまったが　レンガの駅と像とが素晴らしいコンビネーションだった

背景は
青空が好し
日本橋

広重

大正の音色灯夢二展

多

新宿の高島屋に竹久夢二展を見に行く　今日が最終日　大勢の見学者が居た　殆ど女性ばかり
展示会場には　無数のスケッチと絵　本一冊と栞を買って帰る
今は　あまり使われないが　手弱女（たおやめ）という言葉が酒席で出た　年配の人が一人文
字を知っていた　夢二の女は皆手弱女　触れなば落ちなんという風情
人参会で箱根の方に行く　小田原の駅近く　天金という料理屋で食事　気ままな旅　昼間から
一杯やる　料理を運んできた仲居さん　顔を出した瞬間驚いた　夢二に出てくる女性にそっくり
写真を撮らせてくれといったら快く応じてくれた　それから何年か経って　また同じメンバーで
天金に寄ったら　またその人が出てきた　覚えているかと聞いたら　首を横に振った
母親からだったと思う　この世にはもう一人自分が居ると

この世にはもう一人
自分居るという

夢二の女

小田原天金の仲居

読売新聞のＣＩＴＹ　ＬＩＦＥに　不忍池の蓮の花の案内がでていたので家内と行ってみた

先ず西郷さんに挨拶してから　すぐそばの彰義隊の墓にお参り　清水観音堂を参詣　そこから五重塔のほうに行く　東照宮参道の右手に偶然　尾藤先生の句碑を見つける

乱世を酌む友あまたあり酌まむ　三柳

先生の碑の向こうに　五重塔がそびえていた　東照宮は修理中　終わって不忍池に行き　蓮の花を見る　全く美しい　乙女のようなピンク色　午後には閉じてしまうそうだ　江戸の人は　蓮の花が開く音をわざわざ聞きに来たそうだ

毘沙門天のそばには　めがね之碑　ふぐ供養碑　琵琶の碑がある

お山に戻って　精養軒で食事　従業員の話では　昔は貴族しか食事にこられなかったそうだ

江戸っ子の義理

上野から

函館へ

大人の休日倶楽部のパンフレットに　遠野物語の記事が出ていた　柳田國男が　遠野物語を世
に出したのが百十四年前　明治四十三年　自費出版だったそうだ
物語の舞台は　岩手県遠野　そして近くの早池峰山　六角牛山　猿ヶ石川　出演者は　河童
座敷童　天狗
全日本道路地図で　ロケーションを見る　遠野は　北上高地の中の盆地　東に釜石　西に花巻
北上　さらに西は奥羽山脈　小さい川がいっぱい　冬は雪がきびしい
曲り家に居るひそやかなる者（旧家にはザシキワラシという神の住みたまう家少なからず　こ
の神の多くは十二三ばかりの童児なり）柳田國男
（ふるさとの座敷童に会いに行く）ふるさとの母に久しぶりに会いに行くという趣旨

赤褌の河童戦地に行ったきり

多

故郷の座敷童に会いに行く

はとバスの旅で木曽川に行き　鵜飼を見る

犬山城もライトアップ　黒い木曽川の上篝火の火が風に飛び　満月が中空にあり幻想的だった

ツアー客は二十七人　舟の中で向かい合っている　皆今日会ったばかり　添乗員が　夫婦ごと家族ごとに写真を撮りだした　私のほうにカメラを向けたので「昔　はやった顔」と冗談言ったら　皆笑い出した　舟がなかなか現場まで着かないので　ずいぶん迂回してるなと言ったら　これまた大笑い　真向いのおくさんが「座布団一つ」と言ったので　すぐ「浮き袋一つ」とまぜ返したら奥さん涙を流して笑っていた

ある有名な落語家が　若い時ユートピアとはどうゆうところかなと考えていて　たまたま落語を聞いて　熊さん　八さん　与太郎　ご隠居がいる落語　ここにユートピアを見つけたと　落語家になる動機を語っていた　人生は一度　人を笑わす商売立派なものだと思う

鵜の首の
紐きつくなく
ゆるくなく

おもしろうてやがてかなしき鵜舟哉　芭蕉

天橋立　京都府宮津湾　股の中から見ることで有名

松島　宮城県松島湾　芭蕉の句　松島やああ松島や松島や

厳島　広島湾南西部の島　厳島神社がある　汐が満ちると海の中

広重も北斎も　道具を持って　てくてく歩いて景色を探し描いた　赤青黒が主体の絵　今ようにカラフルではないが生き生きしている

人間が多くなり　建物が建ち　コンクリートの道が出来　川を隠し　海を干し　山に穴を開ける　どこへ行っても人臭くなり　遠近が無くなり　高低が失われ　色が消えている　昔の姿今いずこ　目のやりどころがなくなり　スカイツリーが空に伸びるのを見ては喜んでいる

富士山の登山者　五年前には二十万だったが今は三十万を越えているという　女性の登山者が多いのだ　なにかあると　皆遅れまいと飛んでいく　静かに暮らす国民でなくなった

三景の
一つが
股の
中にある

知人のSさんとKさんはともに大正生まれ　Sさんは　戦時中　フィリッピン戦線で戦う　Kさんは海軍職業軍人だった　いろいろな船に乗る

Sさんと飲むと　敗戦近い頃のマニラでの苦労話が出てくる　マニラ湾を埋め尽くしたアメリカの艦船から　艦載機が飛んできて日本軍を機銃掃射した　地面にはいつくばって弾を避けたとき　目の前に蟻がいるのを見て　蟻はいいなと思ったそうだ

Kさんは　乗っていた船が沈み　九死に一生を得たという　終戦後自宅に　第何期生海軍軍人会東京連絡所を作り　長い間世話人になっていた

Sさんの奥さんは　下町の空襲で親兄弟を亡くしている　Kさんは　小さい時関東大震災にあい　お兄さんと二人だけ助かったそうだ

私の兄は　旭川の飛行場に配備されていたが運よく終戦から三ヶ月ぐらいで帰ってきた

池袋が焼けたとき　千早町上空にもＢ２９が飛んできて焼夷弾を落としていった　防空壕に父母と一緒にいたが　シュルシュルという音とともに　目の前が真っ赤になった　驚いて飛び出すと　もう向かいの家が半分焼け落ちていた

振り返ると　皆よく生きながらえてきたと思う

大正の
夫婦歩けば
縦になり

母の名は親仁の腕にしなびて居

柳多留

江戸者の生まれそこない金を貯め

柳多留

忠臣蔵　徳川三百年最大のエピソード　これがなかったら　ぼんやりとした江戸時代になる

義士外伝　講談　浪花節で　色々な話を聞く　大石内蔵助　東下り　赤垣源蔵　徳利の別れ　大高源吾　其角との両国橋　天野屋利兵衛

芝居で　忠臣蔵をやると大抵当たったという

その日は雪が降った後だった　吉良邸に討ち入り

首尾よく仇討の本懐をとげる

両国の吉良邸から　永代橋　汐留　金杉橋　三田

品川の泉岳寺まで戻る

大勢の野次馬の中には　泉岳寺までついていった人も居たと思う

下記は義士の吉良邸から泉岳寺までの行路

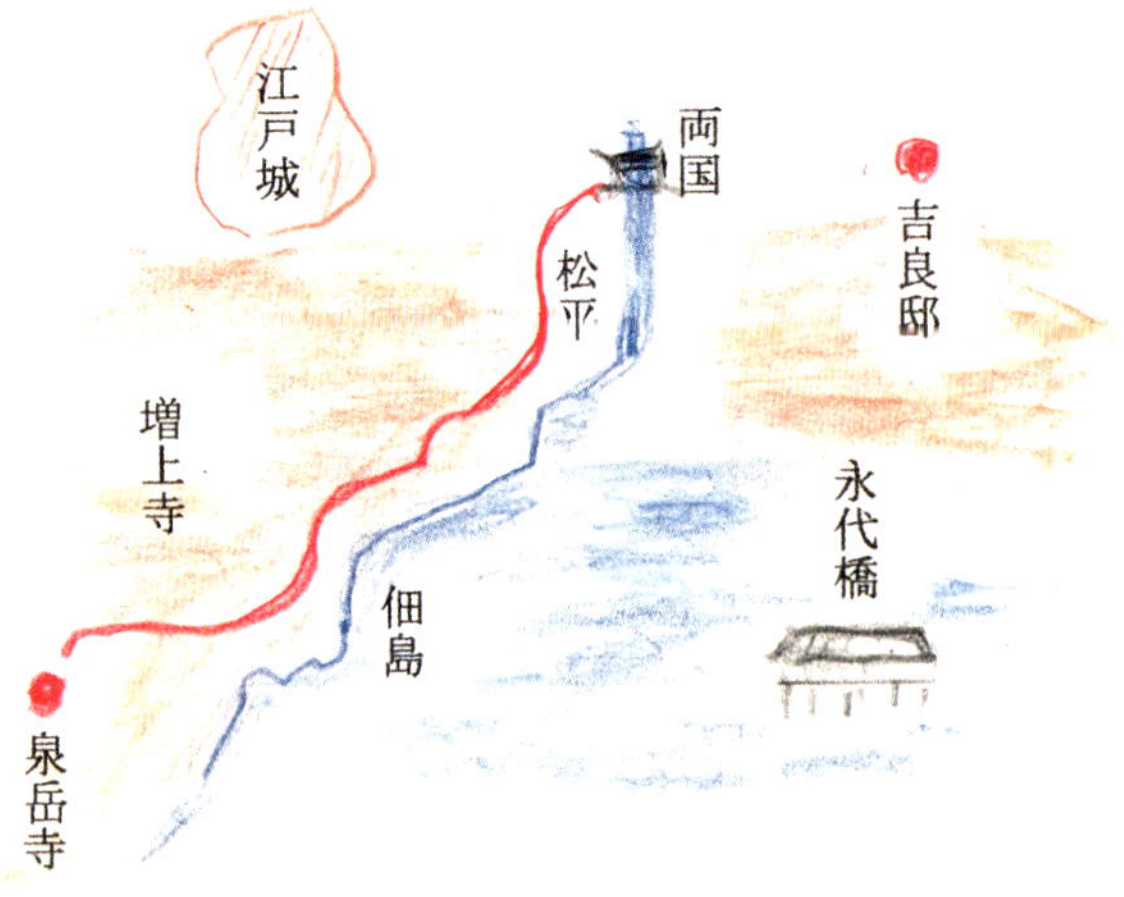

追っかけは泉岳寺までついて行き

元禄 15 年 12 月 14 日
赤穂浪士吉良邸討ち入り

昔の寄席では　百面相専門の芸人がいた　其の頃の人気者　大黒様　恵比寿様　時には東郷元帥の顔真似もあった　柳家小さん師匠の百面相を見た記憶がある

喜怒哀楽の顔　知らん顔　トボケ顔　仏頂面　しかめっ面　馬面　さりげない顔　おかめ

ひょっとこ

人間だけがいろんな顔を持つ

顔について今まで作った川柳

鏡など見ない自分は丸暗記

神様の顔がいちばん描きづらい

老いてなお鏡の顔が定まらず

人格の半分ほどは顔である

母さんの前は一つの顔で済み
似顔絵のうまい順から遺産分け
家中が平たい顔で年が明け
祭が来ると江戸っ子の顔になり
一票を投じる顔の好き嫌い
そっぽ向く顔が何でも知っている
跡取りの顔で乗ってるベビーカー
シベリヤの四年で出来た笑い顔
魂が出て行った顔二日たち

玄関で男は面を取り換える

狐の面を持って迷子

江戸川柳

横浜中華街で買った坊さんの石

昔　父が買った蓄音機はハンドル付で　音が消えそうになると　あわててそのハンドルを回した　レコードは殆ど浪花節

広沢虎造　次郎長外伝「旅行けばあ～駿河の国に茶の香り～名代なりける東海道～名所古跡の多いとこ～中で知られる羽衣の松と並んでその名を残す～海道一の親分は～清水港の～次郎長どん」

寿々木米若　佐渡情話「佐渡へ佐渡へと～草木もなびく～佐渡はいよいか住みよいかあ～歌で知られたアアア～佐渡島～寄せては～返す波の音」

玉川勝太郎　天保水滸伝「利根の川風袂に入れて～」

外に　東海林太郎　軍歌などあった　父が亡くなってからしばらくして　義姉が処分してしまった　一声掛けてくれれば私が引きとったのにと残念に思っている

コレクション父の指紋は消さずおく

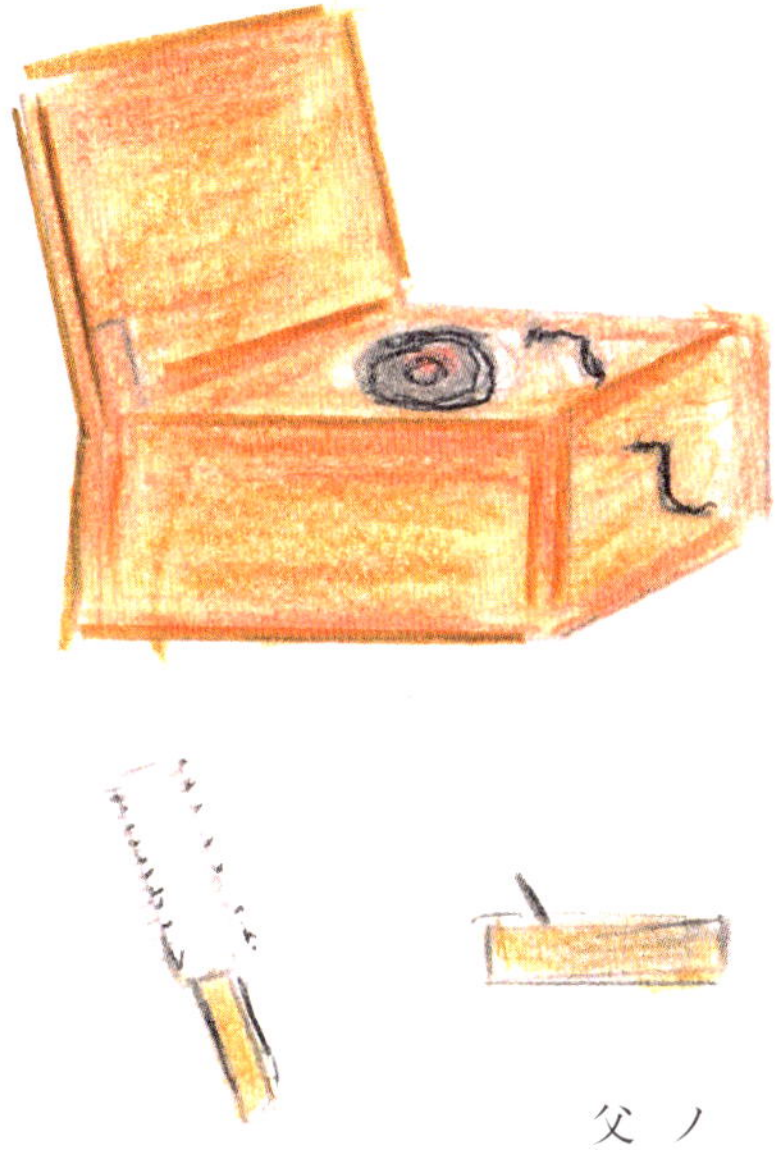

ノコ　鉋
父の指紋も
道具箱

娘が勤め先の近くを歩いていたら　マンションの一角から　異様な煙が出ていたので　近くで工事をしていた人達に告げたら　これは火事だということで消防署に連絡　大事にならずに済んだ　暫くして感謝状を貰う

感謝状

あなたは平成何年何月何日葛西区日の出町１１０番地で発生した火災を早期に発見し迅速的確に火災通報行い被害を最小限にとどめその功労誠に顕著でありますここに深く感謝の意を表します

東京消防庁葛西消防署長　火野要人

夜中に遠くから救急車の音　だんだん近づいてくる　暫くすると何事もなかったように　遠くに音が去っていく

遠くから
遠くへ
夜の
救急車

友帰る犬は見送り

猫もどる

多

犬は巧みな技術を身につけそれをほめられるのが大好き　猫は気難しく訓練の方法が無いという　犬は古くから人との関わり合いを持ってきた　そしていろいろなエピソード　そのトップに残るものが忠犬ハチ公　猫は化け猫ぐらい　いい話はあまりない

忠犬ハチ公

オスの秋田犬　飼い主の死後も　渋谷駅前で何年も主人の帰りを待つ　其の話は海外まで知られている　渋谷駅前に銅像　デートの待ち合わせには都合のよい場所

１９２３年　秋田県大館市で誕生

１９２５年　飼い主の上野英三郎東大教授急逝

１９３４年　安藤照さん制作の渋谷駅前初代忠犬ハチ公像完成
１９３５年　ハチ公死ぬ
１９４４年　初代ハチ公像撤去される
１９４５年　終戦間際に溶解される
１９４８年　安藤たけしさん制作の二代目忠犬ハチ公像渋谷駅前に完成

東武鉄道の社債で　人力車と食事のプレミアムが当たり　家内と浅草に行く　定刻十二時に行ったら　若い人がもう知っていて元気よく挨拶してくれた　店の名前は　時代屋さん　生まれて初めて人力車に乗る　スカイツリーまで約三十分

雷門の前を通る　大提灯は６００キロ　松下幸之助さんが寄付をなさったという

何時だったか　父に連れられて浅草に遊びに行った　六区の歓楽街で　エンタツアチャコの国定忠治という映画を見た　その頃は映画館が軒並みにあり大勢の人でごったがえしていた　瓢箪池という池があったと思う　すりに注意しろといわれた覚えがある

浅草は昔からの盛り場だが　何か遅れている感があった　しかしこの頃は外人さんが日本見物のコースに入れてにぎやかさを取り戻している

五月は　三社祭　神田祭　威勢の好いお神輿が　町を練り歩く

祭が来ると江戸っ子の顔になり

曹洞宗徳雄山建功寺の住職　枡野俊明さんが　読売新聞で日本の庭園の美しさを語っていた
子供の頃に見た京都の龍安寺の「石庭」が最も強烈に心に残ったという

私流の考え　石は永遠に存在する　人間は生きてせいぜい百年
石庭の石は見つめる人に　永遠というものを　しゃべらずに語っているのかもしれない
いわゆる無常観

石と白砂　白砂の中に何をおいてもいけない
沈黙が何かを語る　そこから何かを汲み取るのが見ている人の心

狛江の方の知人宅で　大きな庭石が突然出現した　聞いてみると石屋がトラックで来て置いて行った　そして七十万で買ったという　しかし不思議なことに　乱雑な庭に落ち着きが出ていた

座り好い石になってる三年目　　多

上野駅の構内に　石川啄木の碑がある
　ふるさとの訛なつかし停車場の
　　人ごみの中にそを聴きにゆく
　　　　　　　　　　　　　　　啄木

安住孝史さんの『鉛筆画文集　東京・昭和のおもかげ　細密技巧で描いた懐かしの街角』（日貿出版社、２０１４年）に「僕の一番大切な心の駅」と題して書いてあった　その概略
今の上野駅の建物は　昭和七年に完成したそうだ　終戦後は地下鉄への地下道は浮浪者で溢れていたという　昭和の終わりごろになっても　地下道には戦後の風景と臭いが漂っていたそうだ
安住さんは定期入場券を買って上野駅を描きながら　いつも井沢八郎さんの「ああ上野駅」を口ずさんでいたとのこと
ある年　勤めていた事務所の人達と　青森　十和田への旅行　新幹線がまだなかったころ　上

野駅を三時ごろの寝台車に乗る　真夜中仙台　朝六時青森に着く　朝霧の中に青函連絡船の姿が見えた　素晴らしい紅葉の中奥入瀬を通り十和田湖につく　湖は全体が錦のようだった

毎年年末になると　不忍池のほとりの東天紅で得意先H美容室の忘年会があった　ある年上野駅を降りたら　池はすっかり雪景色だった

東京の
思い出
捨てる
上野駅

銀座すずらん通りで買ったピラミッド

若い頃　いろいろな洋画を見た　多くの名画　スターが記憶にある　戦争中の暗いナショナリズムから解放されて　純粋に異文化が体にはいってきた　カルチャーショック　大変貴重な経験だった

アンソニー　クイーンとジュリエッタ　マシーナー主演の「道」というイタリア映画　無知で野獣のような大道芸人と　哀れな知的障害のある女の　純粋無垢な愛の詩　テーマ音楽とともに記憶に残る名作だった

フランス映画「ヘッドライト」かっこいい　ジャン　ギャバンの男らしさに　映画館から出てしばらくは　自分がギャバンになった気で町を歩いた

古き良き時代の映画　スターたち　これらとめぐり合い幸せだったと思う

映画館
出て暫くは
ギャバンなり

初めてのトーキー館
神田日活

ジャン　ギャバン

小島政二郎　私の好きな　川柳から

　　青山からも近い吉原

江戸時代も　山の手の青山から　吉原までは大変遠い　吉原は浅草の先にある田圃の中　江戸時代は夜になると真っ暗　そこに吉原だけは赤々と灯がともり近くに見えたか

　　知行に持って見たい吉原

当時の下級武士は　ろくな知行を貰っていなかった　吉原に落ちる金は大変なものだった　彼らがけちな散財をしながら　そう思ったところが面白い

　　見る間に消える吉原の塩

今でも料理屋では入り口に塩を盛る縁起が残っている　人の出入りが多ければ塩が早く消える繁盛の様を謳歌した一句

手をこすりは　川柳口論　時代吟　紺屋が　高尾に会いに行くのに苦労した噺

手をこすり
紺屋高尾に
会いに行き

高尾太夫　　紺屋

三千世界の鴉を殺し
主と朝寝がしてみたい
都々逸　　高杉晋作　作

さみだれや大河を前に家二軒　蕪村

増水した大河を前にして　二軒の家が心細く寄り添うように立っている

五月雨をあつめて早し最上川　芭蕉

実際に芭蕉は舟で川を下っている
誰でも知っている俳句　大きな川を一つはゆったりともう一つは激しく描写
人生　紆余曲折　川を流れる菜っ葉　あっち行きこっちでつっかえ　面白い
住んでいる　家のそばに　昔綺麗な小川が流れていた　川に沿って桜並木が見事だった　鮒も
泳いでいた　いつの間にか暗渠になってしまった

暗渠には春の小川の歌が無い　多

大河より
絶え絶えに
行く
川が好き

栃若は
あの手
この手の
十五日

栃錦

Qちゃんに似た拾った石

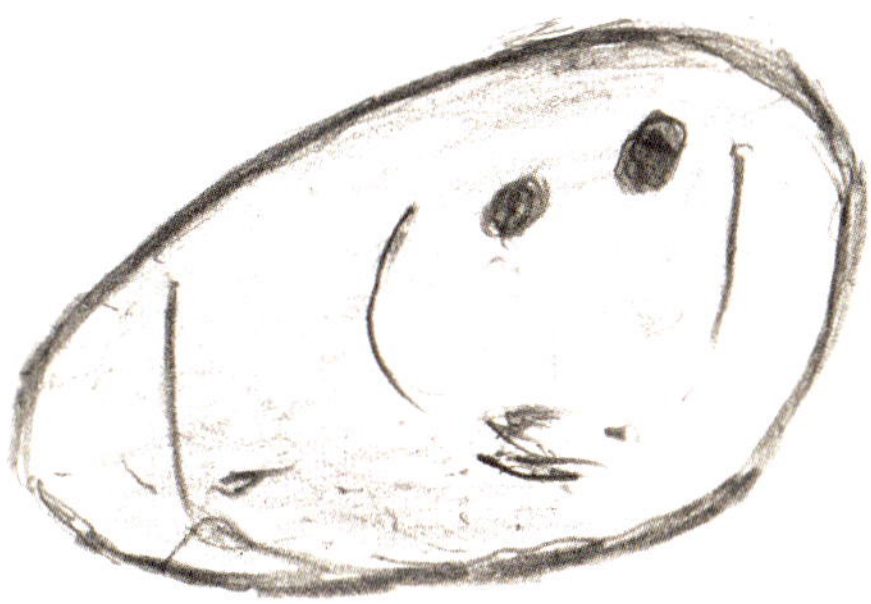

行く春や鳥啼き魚の目は泪　　芭蕉

芭蕉が奥の細道に旅立ってから３００年の記念事業で　芭蕉役の江東区長が　屋形船で千住大橋北側に到着し　同じく芭蕉に扮した足立区長が迎えた　これに憤ったのが荒川区長　なぜうちを入れないのか　千住で下りた芭蕉は　ただ千住と残しただけで川のどちらで舟を下りたか記録していない　いわゆる千住論争

地下鉄　森下駅から　芭蕉記念館へ行く　芭蕉自筆の句　絵　芭蕉の旅姿　手甲　脚絆　草鞋足袋が陳列されてあった　さらに芭蕉稲荷神社に行く　庵　蛙

清洲橋が近くに　美しい橋だ

昼食に深川めしを食べようとしたら休みだった

名句浮かび芭蕉草鞋の履き心地

夫婦喧嘩に隣は固唾のみ

多

読売新聞のコラムから　歌詠みのとある女性　夫とともに三ノ輪の五軒長屋に住む　築いて九十年の家　玄関を開けると三畳の部屋　続く四畳半と台所　階段を上がると　四畳半と六畳長屋に越してきて　歌の数がぐっと増えたという

私の生まれた　飯田町の鉄道官舎は一列に二軒長屋が三つ　この列が五つほど　それがツーブロックあり　そのほかに少し偉い人の独立家屋があった

壁一つで　お隣の生活の音がする　住んでいたころのお隣は吉川さん　前は土手　その上は飯田町中央線の引込み線　今はすっかり様変わり　官舎のあとは大きなホテルになった　それでも順天堂の帰り　神保町を通り　遠回りして寄ってみる　懐かしい

長屋に住むと　詩的感覚が培われるのかもしれない　なんだかんだ思い出すことが皆詩的　私が川柳にのめりこんだのも　この頃に受けた何かがあるのかもしれない

故郷の消えた昔に会いに行く

鉄道官舎の跡地にできた
エドモントホテル

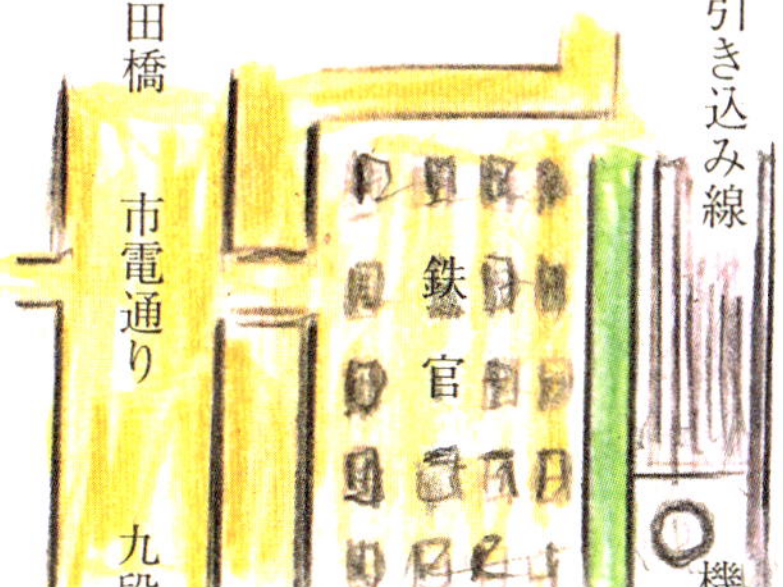

本当にサヨナラなのだ　日本のギャグ漫画に多大な影響を与えた　天才　赤塚不二夫さんは平成二十年八月二日　本当に死んだ

平成十四年七月頃　結構な値段だったが　赤塚不二夫漫画大全集ＤＶＤ－ＲＯＭを買う　そのときに認定証が入っていた

認定証

この度は「赤塚不二夫漫画大全集ＤＶＤ－ＲＯＭ」をお買いあげいただきありがとうございました。この全集は赤塚不二夫が４０年以上にわたって描き続けた５２，０００頁余りの原稿が詰まった大変に貴重なデジタルデータです。時代と共に走り続ける赤塚ギャグは、後世の評価を待つまでもなく、今なお、燦然と輝いています。その強烈なキャラクター・パワーを存分にお楽しみいただければ幸いです。そして、ここに真の赤塚ファンであることを認定いたします。

平成１４年７月１９日　　認定番号　０４０１

人はみな
それでいいのだ
バカボン忌

平成20年8月2日没

夭折の才女の薄い文庫本　　多

樋口一葉　貧困とたたかいながら　いくつかの後世に残る名作を残す
一葉が通った　伊勢屋質店が維持困難となり　解体売却されることになった　区も保存するには財政上困難　どうなるかと思ったら　助け舟が出る　跡見学園女子大学が買い取り　教室として使うという　かっこいい

学生が質屋で習うたけくらべ　　多

一葉は　二十四歳で亡くなるまでに多くの日記を残した　その中に国を憂える一文がある
「（前略）印度《いんど》、埃及《えじぷと》の前例《ぜんれい》をきゝても身《み》うちふるひ、たましひわなゝかるゝを、いでよしや物《もの》好《ず》きの名《な》にたちてのちの人《ひと》のあざけりをうくるともかゝる世《よ》にうまれ合《あは》せたる身《み》のする事《こと》なしに

終《をは》らむやは、（後略）」『一葉日記集 下巻』（春陽堂、１９３４年）

二十一歳のときの日記

この路地に住み一葉の美しく

樋口一葉（1872 ～ 1896）

本名　奈津　たけくらべ　にごりえ　十三夜

多数の日記を残す

ケセラセラ

センチメンタルジャーニー　カラミテイジェーン　そして世界的なヒット曲ケセラセラのドリス・デイさん死去　九十七歳

結論は風呂場で歌うケセラセラ

ドリス・デイ
センチメンタルジャーニー
カラミテイジェーン
ケセラセラ　世界的にヒット

脱ぎ捨てて家が一番いいという

岸本水府

乱世を酌む友あまたあり酌まむ

尾藤三柳先生

天照大御神が　須佐之男命の乱暴にご機嫌を悪くして　天の岩屋戸に隠れてしまう　世の中が真っ暗になった　弱った神々一計を案ずる　岩戸の前に篝火を焚き　明るくして　お酒などを飲み　天宇受売命が　胸乳を出し裳裾をまくって踊った　きわどい踊りに神々はやんやと騒ぐ八百萬の神共に笑いき　天照大御神何が起こったのかと岩戸からそっとのぞく　この時　天手力男神という力持ちが力任せに戸を開ける　途端に　世の中が明るくなった　本当かどうか考えないほうがいい

もしかして　天宇受売命の踊りは　日本初のストリップかもしれない

家内の知り合いのOさん　碁の他に油絵もやる　秋の同好会展示会に出品する　Oさんの絵は裸婦　家内に言わせると　どの絵も　その顔が奥さんの顔になっているそうだ

ヌード描く
芸術という
衣着せ

夢二「西海岸の裸婦」

毎日朝から夜中まで　人の波　よくテレビで見るのは　渋谷のスクランブル交差点　東西南北から人が流れてきて　交差点の真ん中でぶつかり合う

このシステムは　何時ごろ出来たのか知らないが　戦後であることは間違いない　進駐軍が来て　一時　交通整理をした　白いヘルメット　白い手袋　背の高い兵隊が　交差点の真ん中でホイッスルとジェスチャーで　交通整理をした　かっこいい動作に　暫くぽかんと見ていて飽きなかった　米軍が日本から去って　いつの間にか無くなった

戦争中は　よく行列を作り　上からの命令に従った　勝ち戦の時は　提灯行列　敗色が濃くなり今度は　食料を求める行列　人々が　好きなほうに行く　好きな方向に生きる　好きな生き様をする　もしかすると　雑踏は　平和の象徴かもしれない

時々は方向音痴の後を行く

多

雑踏の中で
故人に
すれ違い

スクランブル交差点

山形の永井さんへ一人旅

東京駅発　つばさ121山形行き　山形駅で　左沢（あてらざわ）線に乗る　終点　左沢で永井さんが待っていた　自動車で二十分永井さん宅に着く

永井さんは　目黒碑文谷で　自動車の修理と　古式銃の修理販売をやっていた　廃業して　娘さん夫婦が経営しているリンゴ園に移る

農家一軒を　年五万円で借りて住む　遠くに葉山　月山が見える　又近くに最上川が流れる

一日滞在して　最上川を見たり　林檎温泉に行ったり　鴨料理ご馳走になったりする

永井さん土地の人と仲良くなり　猟銃会に入ったり　古式銃の先生になったり　今は町の名士になった　空気は好し　食べ物好し　ただ冬になって　軒先まで積もる雪には苦労している

もうすこし休暇をとり　酒田のほうに足を伸ばせばよかったと今も思っている

山形に移りいまだに
雪の愚痴

山形県西村山郡朝日町　永井さん

古式銃　さくらんぼ　林檎　最上川

先日　木枯し一号が吹いた　私の家のそばの　公園の桜の木の葉が風に吹かれて宙に舞ってい
る　近所の若い奥さんたちが　毎日枯葉を掃いている　掃きながら　そして終わってから　長い
立ち話をしている　よくも話の種がつきないものと感心している
読売のコラムに　カボスの話が出ていた「荒城の月」で知られる竹田と臼杵がカボスの主産
地　鍋料理　カボスをたらしたり　焼酎に入れたりするらしい
今晩はうちも鍋料理だった　豆腐　茸　白菜　肉　寒くなって鍋はいいものだ　今日はカボス
は使わなかったが　この次は入れてみよう　スーパーに売っている食料に　すっかり秋の気配
「日本の七十二候を楽しむ」には　今日は初恋の日とあった　島崎藤村の詩「初恋」が発表され
たのが　明治三十年八月

まだあげ初めし前髪の林檎のもとに見えしとき
前にさしたる花櫛の花ある君と思ひけり　　藤村

木枯しが今日一号と気象庁

裏を見せ表を見せて散るもみじ
良　寛

葛飾北斎（1760〜1849）　江戸　現在の両国あたりで生まれる　生涯に九十三回引越し
金銭に淡泊　粗末な着物着て　版元から貰った稿料を　弁当屋にそのまま渡す　ただ画作に熱中
世捨て人のような生活

1830年頃　北斎最高傑作「富嶽三十六景」を上梓　1842年　信州小布施に行く　画家
高井鴻山を訪れる　六尺の天秤棒を杖にして歩く　八十三歳の時である

信金のツアーで　松本から小布施に行く　ここに北斎会館があった　又高井家に行く栗の道も
あった　道に栗の木が埋めてある　北斎もここを通ったか　小布施はデパートの名店街にもある
菓子羊羹の町　土産に栗羊羹を買って帰る

1960年　ウイーン世界平和評議会は　北斎を世界の文化巨匠として顕彰した

行灯の下が明るい江戸文化

富嶽三十六景

葛飾北斎　浮世絵師
（1760～1849）

八月六日　広島に　九日　長崎に原子爆弾　人類の歴史にはじめての　大悲惨な出来事

父と母と　小さな防空壕で　空爆のたびもぐりこんだ　特殊爆弾という記事だけだったが　何となく不気味な感じがした　防空壕の中で今度は東京かと慄いていた

八月十五日　終戦　学校の飯田橋から池袋　ここから歩いて家まで帰る　途中立教あたりで日本の飛行機が一機墜落していた　家に入ったら　庭で近所のおばさんたちが集まって　ラジオを聞いていた　玉音放送である　何か天皇陛下の声が聞きづらかったが　はっきりと日本が負けたことが分かった

友達と　アメリカが来たらどうなるか話し合った　友達はアメリカは残虐だからみんな殺されるという　私はなぜかそんなことはないと思った　それよりも　B29の空襲がなくなったのがうれしかった　夜静かに眠れるのが幸せだった

八月はあの八月で
過ぎにけり

20.8.6

20.8.9

20.8.15

吉幾三さんの歌　津軽には七色の雪が降るという　さらに北に行って北海道ではパウダースノウ　スキーには絶好なので　外国人に人気
京都先斗町のあの細い路地に　雪が降り雪が積もって　両脇の料理屋さんで　常連のお客が熱燗で静かな雪の夜を過ごす　うっすらと降った雪の上に芸者さんの　二の字の下駄の跡
京都に降る雪　金閣寺　渡月橋みんな絵になる

富士山に降った雪は何十年もたって地表に顔を出すという

湧き水で明治の雪を口にする　　多

北国と京都の雪を描き分ける

病床の父

部屋のドアーが開く

父　ああ来たか……

息子　うん　これ……

父　ありがとう……

十分たつ

父　みんな元気か……

息子　うん……

父　そうか……

息子　帰る……

ドアー閉まる

寡黙なる　父を見舞って

寡黙な子

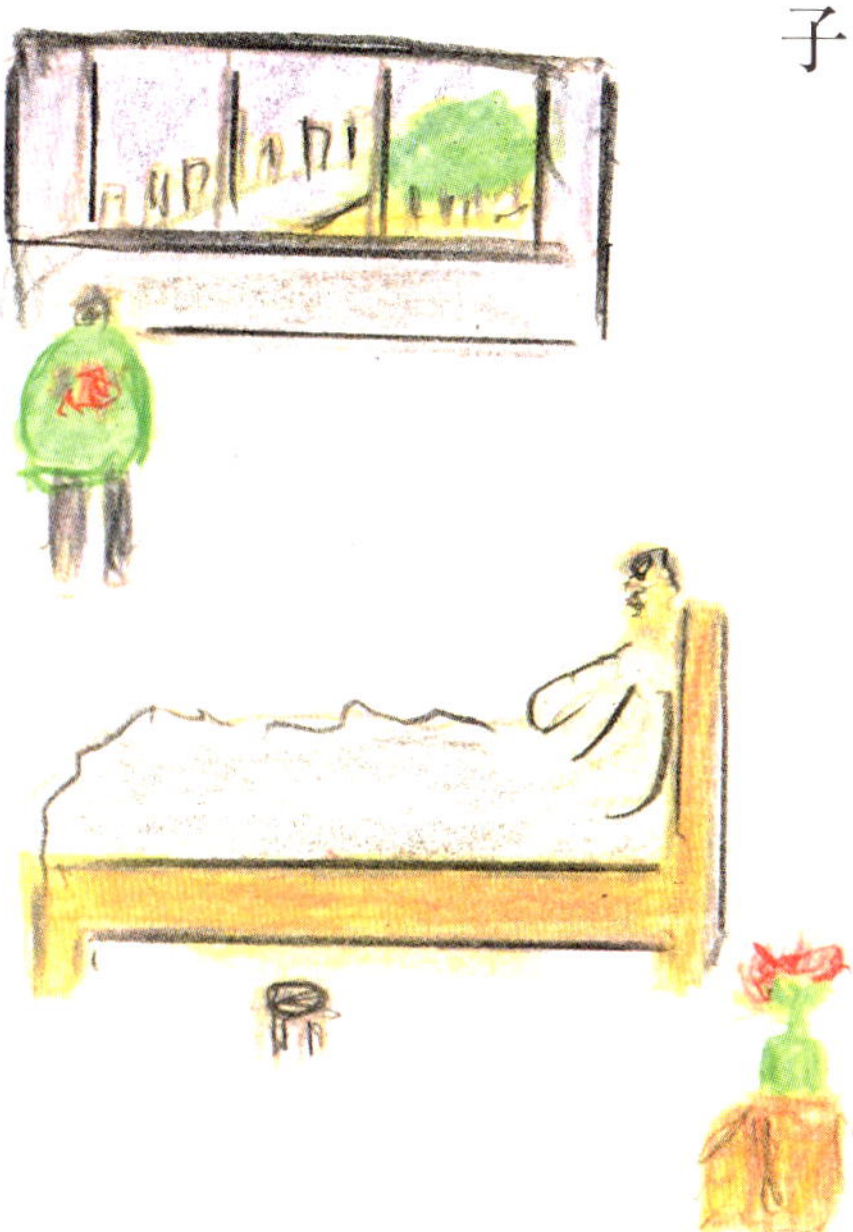

白色を白紙に描くテクニック　多

清水崑さんのかっぱ天国　河童の絵　女の河童がすごく色っぽい　絵は白黒　この河童に色を
つけたらつまらない　南画風で素晴らしい
忍術　術策に　金遁　木遁　水遁　火遁　土遁　五道がある　甲賀流　伊賀流が有名
いつか　奈良への道　途中で名張市に寄る　近くに伊賀市がある　又北のほうに甲賀市がある
ともに忍術　忍者の町　名張から赤目四十八滝に行く　四キロにわたる峡谷は　いろいろ変化に
富み　ここで忍者が訓練したという　伊賀市は芭蕉生誕の地　芭蕉密偵説もあり
昔の講談本　真田十勇士に猿飛佐助　霧隠才蔵二人の忍者がいて　蝦蟇になったり大蛇になっ
たりで面白かった

モノクロの漫画女の色白く

くの一（女）忍者

昔の時代劇のスター

大河内伝次郎は丹下左膳　嵐寛寿郎は鞍馬天狗　片岡千恵蔵は赤西蠣太　長谷川一夫は雪之丞変化

テレビのない時代　白黒の映画を　封切りから暫くしてくる三番館で見たものだ

その後の時代劇のスター

東野英治郎　水戸黄門　大川橋蔵　銭形平次　加藤　剛　大岡越前守

昔も今も　時代劇は勧善懲悪　筋書きが決まっているから気楽　ストレスの時代　その上の難しいお話は　胃に悪い　知人のOさんは　夕方になると　テレビで水戸黄門を見ながら一杯やっていた

食前の胃を整える時代劇

水戸駅前
偕楽園

駅のほうに　ちょっと評判の鰻屋がある　時々行くが　店主　鰻を焼きながら背中で　いらっしゃい　この人めったに笑わない　いつか一度カウンターで食べて飲んでいて　前にいる手伝いの人と話が弾んで　ふと面白いことを言ったら　マスター向こうむきながら　くすくすと笑った婿さんが来てずいぶんになるが　いまだに鰻を焼かせない　面白いのはマスターの顔が　鰻そっくりになってきたことだ

仕事先だった印刷屋さん　若い頃からお付き合いしてきたが　いつか廃業した　単調な音の中で　丸くなった背中　仕事着のエプロン姿が目に残っている　プロの姿だった

一筋に生きて竿師の竿の中　多

饅頭を作って売る確かな一日　多

モノトーンの中で年とる印刷屋

最後の印刷屋小泉さん

鉢巻のままで年とる天麩羅屋

歳時記

睨めっこしてから男うちとける

多

男は　どうしても構える　目と目が合うと　先ずこの人は　と考える
男は昔から戦ってきた　原始では獣相手に　戦いが起こるようになると武器を持って出かける
最初に敵ありき
女の人は　開放的　ツアーに参加する　暫くすると　もう友達になってお菓子を分けたりする
男はツアーが終わっても　おおらかに喋ることがない
知人の夫婦　旦那はめったに出かけない　奥さんはダンスを習う　友達と会食する
私が何かの会合で　駄洒落を言うと笑ってくれるのは　女の人達　男衆は何が面白いのかとい
う感じ　笑うことはめったにない

モノクロの夫に妻の彩がある

江戸文化はせいぜい二百年　上方文化は長い歴史を持つ　しかし江戸は太平な時代が長く続いたおかげで　生活にゆとりが出てきた　文学　歌舞伎　書画　いわゆる江戸文化が盛んになる江戸の人々の中にルールが出来る　江戸しぐさである根本にあるものは　他人様に迷惑をかけないということ　貧乏人でも　小さいころから両親にしっかりと教わる　他人様（ひとさま）という言葉がある　先ず人のことを考える

外国人は　向こうから来て絶対に道を譲らない　近頃の若者達も　外国人並みになってきた

終戦後　新宿の伊勢丹のところで進駐軍の航空測量マルチプレックスで地図を作るアルバイトをした　ある日　サウスという軍人と我々が廊下を歩いていた　友達の一人が　サウスさんにお先にどうぞ「ａｆｔｅｒ　ｙｏｕ」と言ったら　大変怒った　堂々と先に行け　へつらうなということだったらしい

片方に風道つくる江戸しぐさ

傘を傾げあい

お膝送ってくださいと席貰い

はたらけどはたらけど猶わが生活
楽にならざりぢっと手を見る　石川啄木

啄木の時代　明治の頃は　国全体が貧しかった　大正　昭和と少しずつ豊かになる　戦争に負けたが　今は世界でも指折りの経済大国　物があふれている　啄木がいまの日本を見たら　びっくりするだろう
自分の小さい頃も　格差がはっきりあった　小学校の頃は　医者　軍人　酒屋　米屋等商店の子が裕福だった

貧乏が昔をよけい寒くする　多

世界一貧しいといわれる　ウルグアイの大統領ホセ・ムヒカさんが国連で素晴らしい演説をした
「貧しい人というのは足りることを知らない人だ」と

啄木の手から格差がまだ続く

石川啄木（1886 ～ 1912）
岩手県生まれ　歌集「一握の砂」

歌会始　雅で少しユーモラス　上は皇族から一般市民まで参加　召人が朗々と歌を詠む　今年はお題「静」だった

地球は毎日休まずに　音もたてずに回転している　メリーゴーランドみたいなものだが　地上にいる人は目が回ることがない　南に住んでいる人は　よく落ちないものだ

このバランスの取れている静かな地球を人類は　勝手に破壊している　核戦争で地球の生物は死滅する　この破壊への道をストップする英知が人に出来ていない　永遠に出来ることがないことかもしれない

とんでもない時間が経って　地球はまだ静かに回転していた　いまこの美しい地球を支配しているのは　進化して　静かに生きる（もの）そこには　過去の人類が持っていたものはなかった

真夜中に地球が動く音がする

多

回り舞台地球静かに自転する

平成26年1月15日　歌会始
お題　静

アメリカでアメリカ人が一人逝き

歌手であり俳優であった　ビング　クロスビーが亡くなったときの時事川柳　川柳公論で　尾藤先生が絶賛した句　私もこれを聞いたとき川柳の一つの極意みたいなものを感じた

ホワイトクリスマスを歌う神父役のクロスビーが目に残っている　もっともアメリカ人らしいアメリカ人だった

終戦後も二十九年間　フィリッピンのジャングルで潜伏していた　小野田少尉　九十一歳で亡くなる　帰ってきたときの　きちんとした元兵士の姿　最も日本人らしい　古武士の姿があった

平和日本　戦争兵隊はおさらばだが　男らしさを失ったらいけない

右の句をまねした私の句　クロスビーにアメリカ　小野田さんに日本　自由と武士　相反するようだが　何か共通点があるような気がする

日本で日本人が一人逝き

小野田寛郎さん　元陸軍少尉
フィリッピン　ルバング島で
終戦後29年間潜伏　昭和49年帰国
平成26年1月16日　死去　91歳

朝顔に釣瓶取られてもらひ水

千代女

得意先に行くのに　鶯谷駅から入谷を通る　たまたま朝顔市だった
はじめ薬用として栽培されていた朝顔が　次第に観賞用として作られるようになった　明治十五年頃から入谷一帯に住む植木商によって　品種改良が行われ　それが人気になった　その後下火になったが　戦後復活　今年は五十回目
「あんどん型」一鉢二千円ぐらい　電車の中で浴衣着た人が朝顔をぶら下げているのを見受ける
蔦は　何かを求めるようにぐんぐん伸びていく　朝顔は日本家屋がよく似合う　それも長屋がよくマッチする

いい顔が
揃っていると
朝顔屋

入谷朝顔市

Hさんは　生前　自分の先祖は位のある忍者であると言っていた
私の勤めていた会社に　会計事務所のスタッフとして　時々来た　私が会計課だったので　いろいろ話す　そのうち私がその会計事務所にお世話になると　二人してよく飲みに行った　事務所が新井薬師にあったのでその近所をうろうろした
Hさんは長身の上品な人だった　頭の良い人だったがなぜか試験に受からずに終わった
年とってきてから　朝からお酒を飲むようになり次第にアルコール中毒のようになった　そのうち亡くなったと連絡が来た　高田馬場で　二人で　三等車という飲み屋で飲んだとき　いくら飲んでも酔わなかった　カウンターにお銚子が十数本並んだのを思い出す

その人が逝って方角一つ消え　　多

居酒屋に
不時着してる
ブーメラン

形　想像句

文化の日で　多くの人々が受章した　碁の藤沢秀行さん七十二歳も勲三等旭日中綬章受章

藤沢さんの型破りの生き方は次の様

昔は　毎晩ボトルを空にした　競輪に負けて　家を取られる　棋聖で六連勝　六十七歳でタイトル奪回　一日二十時間勉強　一局打つと　二　三キロ目方が減る　五十八歳で胃がん　リンパ腺がんにかかる

私が　就職した会社は　囲碁と野球が盛ん　そこで囲碁を覚える　年をとってきて　下手だが覚えておいてよかったと思う

囲碁に関する川柳

天元の石まじないのように置き

白と黒石を握って碁友逝き

暫くは碁を打ちに来る逝った人

世渡りとなれば碁石も重くなる

落語　笠碁

碁敵は憎さも憎し懐かしし

ぬーと出た碁会所の久しぶり

ラーメンの油で掴む昼の囲碁

免状の裏についてるバーコード

御城碁

本因坊秀策　十九連勝

昔は東京も寒かった　機関庫のホースが凍ってツララが出来　写真が新聞に載った　官舎の共同風呂から帰るとき手拭が凍りまっすぐに立った

冷暖房の設備の無い頃　寒い時はただ着るだけ防寒着は　綿入れのちゃんちゃんこ　どてら（普通の着物よりやや大きく綿を入れた防寒用の丹前）　子供を背負う時のねんねこ半纏　それでもよく手足にひびが切れた

人生峠を越す時がくる　次に行くのは復路下り坂　行きと帰りは　景色が違う　この景色の捉え方を自分で考える　がむしゃらに生きないで　穏やかに物を見つめること　日々是好日

年とって振り返ってみると　平凡に生きた人のほうがいろいろな花を見てきたかもしれない

有名な選手が引退するとき　後何をしたらいいか戸惑う姿をよく見受ける

還暦のさて　これからの白い地図

多

ちゃんちゃんこ脱いで復路を歩き出す

NHK 川柳「まだまだ」

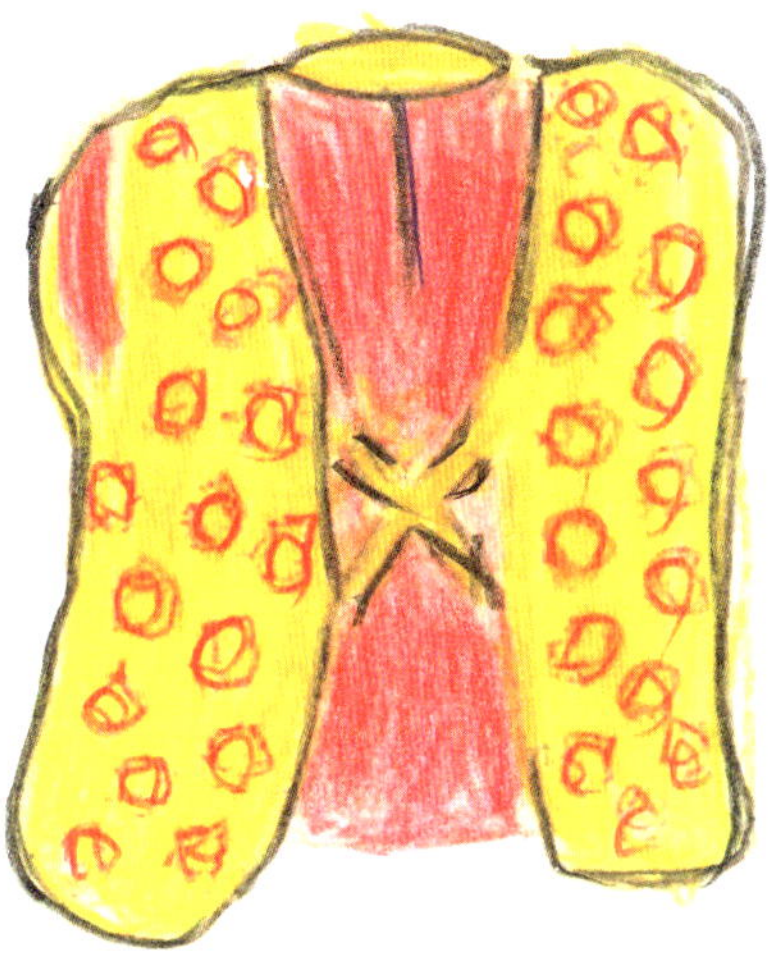

山頭火さんですか

やあ放哉さん西東

種田山頭火

分け入っても分け入っても青い山

うしろすがたのしぐれてゆくか

尾崎放哉

咳をしても一人

墓のうらに廻る

自分流の破調句

天高く白髪重くなる

バーゲンのような見合い

後姿の見納め

人差し指で友を撃ち

訃報欄四勝一敗で勝ち

仁王が睨む睨み返す

しかめっつらしてうまい

山頭火放哉さすらいの
破調句

城崎で外湯めぐりの下駄の音　　多

城崎温泉に行く　旅館で外湯めぐりの券を貰う　外にでると　大勢の人が浴衣着て　カランコロンと歩いていた

下駄履いて雑木林を歩きたい　　多

川柳公論で　芦花公園に行き吟行会　蘆花の資料館を見学　そこに蘆花が履いていた　下駄も展示してあった　上記の句を作り入選

永井荷風の日記「断腸亭日乗」『摘録　断腸亭日乗（下）』（永井荷風著・磯田光一編、岩波書店、１９８７年）

昭和16年12月8日　日米開戦の日

「（前略）褥中《じょくちゅう》小説『浮沈《うきしずみ》』第一回起草。晡下《ほか》土州橋に至る。日米開戦の号外出づ。帰途銀座食堂にて食事中燈火管制となる。（後略）」

昭和20年8月15日

「（前略）午後二時過岡山の駅に安着す。焼跡の町の水道にて顔を洗ひ汗を拭ひ、休み休み三門の寓舎にかへる。S君夫婦、今日正午ラヂオの放送、日米戦争突然停止せし由を公表したりと言ふ。あたかも好し、日暮染物屋《そめものや》の婆、雞肉葡萄酒を持来る、休戦の祝宴を張り皆〻酔うて寝《しん》に就きぬ。（後略）」

残る蚊をかぞへる壁や雨のしみ

荷風

文豪の
日記
明治は
よく歩き

永井荷風　断腸亭日乗
荷風散人日記に下駄の音がする

月天心
ドーム五万の
上を行き

月天心貧しき町を通りけり
蕪村

旅行した　レトロの町

北海道　小樽　秋田県　角舘　福島県　大内宿　埼玉県　川越
東京　隅田川沿い　神楽坂　千葉県　佐原　神奈川県　鎌倉
岐阜県　高山　長野県岐阜県　妻籠　馬籠　富山県　散居村
五箇山合掌造り集落　石川県　金沢　武家屋敷　滋賀県
近江八幡　京都　白川　先斗町祇園　岡山県　倉敷　奈良県
今井町　愛媛県　道後温泉　福岡県　柳川　長崎県　坂

金沢　武家屋敷

着物着て
レトロの町の
人になる

小江戸　川越

ＮＨＫ誌上川柳大会特選

九段界隈

今年も九段千鳥ヶ淵に桜が見事に咲いた
昭和十一年　ここに野々宮アパートが建てられた　モダンなアパートで　多くの外国人が住んでいた　その一人イタリア人の声楽家の発声練習に高峰三枝子さんが通っていたこと　一時　水の江瀧子さんや岡田嘉子さんも住んでいた　岡田さんはここから樺太越えの恋の逃避行をした
飯田町に住んでいたのでちょいちょい　九段坂を通った　野々宮アパートは下に写真館があった　そして少し上ると陸軍の偕行社があり　反対は　軍人会館　近衛一連隊　さらに行くと　青葉通り　英国大使館　まっすぐ左は憲兵官舎　大手町に至った　九段下を行くと神保町　ビルの屋上にたまに洋服を買う　富士久があった　戦争が激しくならない前は　よくアドバルーンが上がってた

平成十三年三月二十八日

神保町
九段颪の
風が
吹き

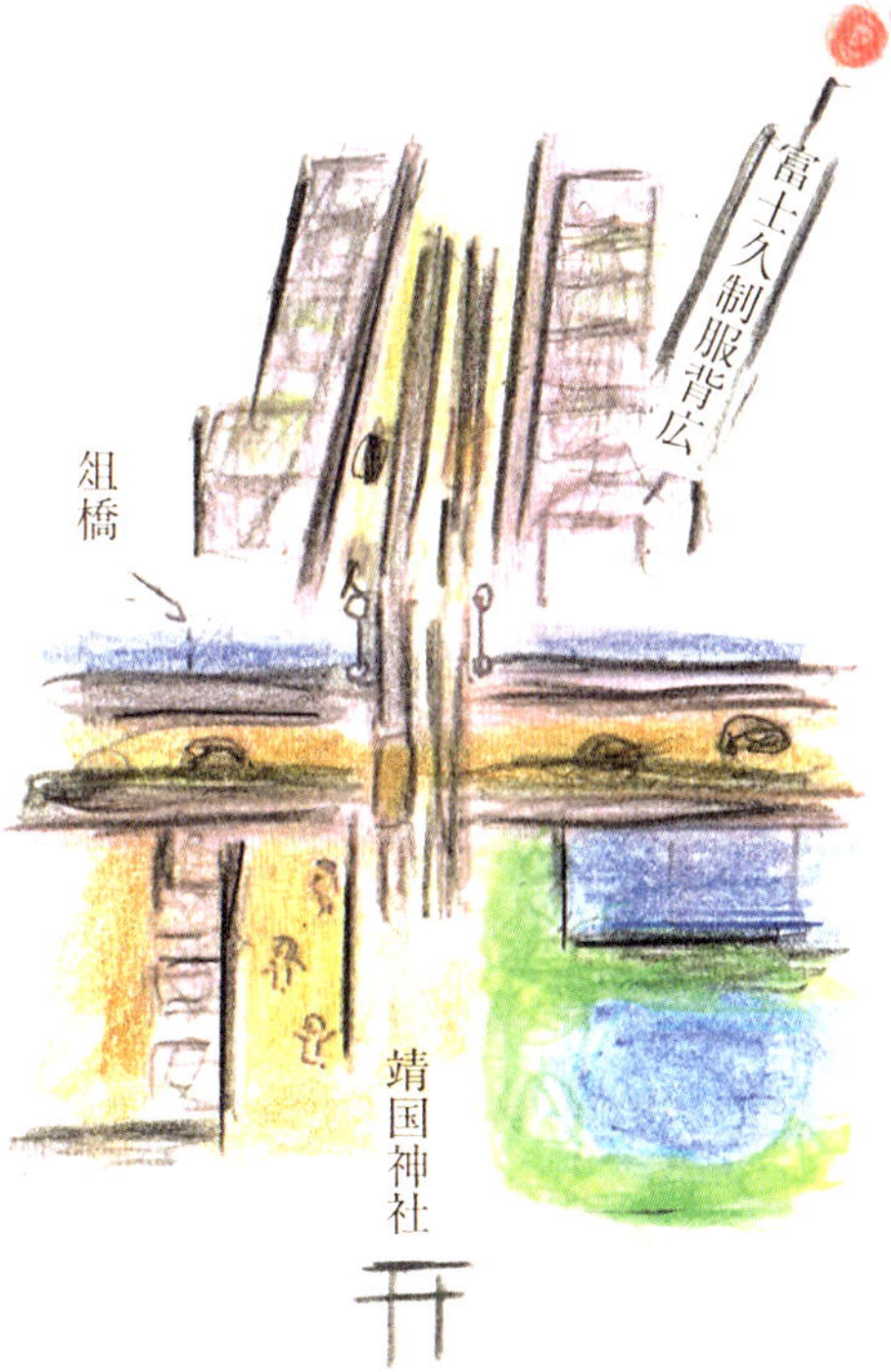

谷中

西日暮里で降り　線路沿いに　闇坂を上り道灌山に至る　富士見坂　養福寺　経王寺　谷中霊園

富士見坂では　快晴で強風のため富士山がよく見えた　都内で唯一富士が見える坂　経王寺の門には数カ所に弾痕　この寺に彰義隊が立てこもり　官軍と戦った　谷中霊園　著名人の墓　徳川慶喜　鳩山一郎　薫　高橋お伝

蕎麦屋で七福そばを食べる　谷中七福神にちなんでのそばらしい

蕎麦屋さんの側の骨董品屋で硯を買う　五千円

谷中の町をぶらぶらしながら　鶯谷駅から帰る

富士見坂
入れて
谷中の
散歩かな

沢村栄治　今日生誕１００年

１９１７年２月１日　現三重県伊勢市に生まれる　京都商から　巨人入団五年で６３勝２２敗

無安打無得点試合を３度達成　背番号十四　プロ野球史上初の永久欠番

３４年　日米野球　十七歳の沢村　ベーブ・ルース　ルー・ゲーリックら大リーグ選抜から

９三振を奪い　一失点で抑えた　結果は０対１で敗れたが歴史に残る試合となった

４４年　三度めの出征で乗っていた輸送船が攻撃を受け台湾沖で沈んだ　二十七歳

センターでベーブルースは傘をさし

赤紙が
死ねよとばかり
三度来る

とげぬき地蔵

おばあちゃんの原宿として　新聞に巣鴨のお地蔵様のことが出ていた
父母の時代　一月に一度はお参りした　とげぬき地蔵といわれ　ご利益は災難除け　御影をいただいてきて　旅に出るとき　体の調子が悪いとき飲んだ　飲むときは歯に当てないように気を付けた　私の財布の中にも御影が入っている
国鉄に勤めていた兄が　線路のそばで信号工事をやっていたら　電車に器具が当たり　その反動で有楽町の線路の崖から落ちた　幸いにも軽傷で済んだ　その時に持っていたお守りが　真っ二つに割れていた　みんなお地蔵様のおかげと感謝したものだ
父母の時代は　どこでも神仏に囲まれていた　人生の苦楽を目に見えないものにつなげ　生きるための力とした

雑踏も
巣鴨は老いに
優しくて

東京巣鴨
萬頂山高岩寺

音

「鐘の音も騒音の世」と題して　読売新聞に桐谷逸夫さんのエッセイ　その中に　桐谷さんの住む谷中では　よその人が越してきて　鐘の音が耳障りだと言われ　つくのをやめた寺が出たということが書かれていた

東京の音と題した　ＣＤを持っている　改めて聞いてみた

東京駅　芸者のお座敷　酉の市　寄席の下座音楽　上野寛永寺の鐘　両国の花火　祭りばやし

築地魚市場　新内流し　池上本願寺のうちわ太鼓　ニコライ堂の礼拝と鐘　チンドン屋　虚無僧の尺八　銀座四丁目午後五時　浅草木馬館の安来節　支那そば屋のチャルメラ　夜回りの拍子木

深夜の銀座火事　浅草の呼込とサーカスのジンタ　子供の遊び　国電お茶の水、学生の駅　相撲の太鼓　隅田川のポンポン蒸気船　三越のパイプオルガン

スマホに夢中の世の中　どんな音もやかましく聞こえる　人の話もみんな騒音

昔の長屋は騒音で結ばれていた

鐘の音の一日にある

町に住み

男

秋晴れの下で男に二分の鬱
追い討ちは止める男の後ろ姿
手のひらを開けば汗を握ってた
節くれの指がお札を改める
男二人逢い江戸小火ですみ

男から
紫煙
見つめる
ポーズ消え

摩擦の匂いがしてくるロングラン

金太郎飴演じて五十年

哲学を口にしている大投手

吸盤の力尽きたる凄い音

線香のこちらまだまだ面白い

隠居居て与太郎が居てユートピア

母曰く顔は心の遊び場と

旋盤に向かえば日本一の顔

やせぎすな人はお酒を骨で飲み

シスターは上を見つめて話すくせ

猫坊ちゃん本棚にあり部屋和む

おとといの続きを語る病持ち

分布図を描いてヒグマが笑ってる

人間は小さいものよ余震来る

空くじをリュックに詰めて町を去る

無党派の部屋は色紙のコレクション
切り札のように互いの年を言い
鼻歌で孤独に丸みつけている

五合目でお山を語る半可通

成人の君に孤独のプレゼント

空っぽの財布が視野を狭くする

たられればを言えば広がる向こう傷

口下手の夫うんを聞き分ける

食通が黙って食べる握り飯

付き合いで演歌の耳にクラシック

行き過ぎを咎めるように元気だな

いい男と言われ十年忘れない

饅頭を売って確かな一日

エコ古典蛍の光窓の雪

ふと俗に戻った坊さんの横目

非常時の匂いも入れてカップ麺
少し血が出て傷心が消えていく
ケータイの町空耳が多くなり

黄昏の中にしがらみ包み込み

一期一会古い名刺に顔がない

ＮＨＫ川柳　川柳公論　千登世川柳で　川柳を作る

公論で　尾藤三柳先生から　川柳とはどういうものかを教わる

川柳を通して人生の機微に触れ　また多くの同人と素晴らしいときを過ごした

一期一会　感謝

多

見送られ後ろ姿を作ってる

See you again

池谷　多　いけや　まさる

1929 年　東京都千代田区飯田町生まれ
1952 年　法政大学経済学部卒
池谷会計事務所経営

石《いし》ころ

2024 年 10 月 5 日　初版発行

著　者　池谷　多
制作・発売　中央公論事業出版
〒 101-0051　東京都千代田区神田神保町 1-10-1
電話　03-5244-5723
URL　https://www.chukoji.co.jp/

印刷・製本／藤原印刷
装幀／竹内宏江

ISBN978-4-89514-556-5 C0092